AF532429

Casting Couch

Katja Fink

Bibliografische Information der Deutschen Nationalbibliothek: Die Deutsche Nationalbibliothek verzeichnet diese Publikation in der Deutschen Nationalbibliografie; detaillierte bibliografische Daten sind im Internet über dnb.dnb.de abrufbar

„Herstellung und Verlag: BoD – Books on Demand, Norderstedt“

ISBN: 9783758364563

Für Tobi, Lukas und Kevin

Inhalt

Kapitel 1 – *Casting-Couch*

Was zu Beginn vielleicht wichtig zu wissen sein könnte, ist, dass nicht unbedingt alles was in den folgenden Kapiteln geschrieben steht vollkommen der Wahrheit entspricht. Belustigender Weise jedoch mehr als man vermuten würde. Ich hoffe trotzdem nach wie vor, dass meine alten Mitbewohner das hier niemals in die Finger bekommen werden. Eigentlich fing alles damit an, dass ich zuhause ausziehen wollte. Flügge geworden, wie das doch nicht mehr allzu junge Küken, welches ich mit meinen 26 Jahren war, suchte ich dem modernen Zeitgeist entsprechend nach einer WG.

Mit dem Gedanken „besser gleich richtig als gar nicht“, suchte ich über diverse Internet-Anbieter die größte Wohngemeinschaft die ich in meiner unmittelbaren Umgebung finden konnte, ein zwanzig Kilometer Radius reichte für den ersten Auszugsversuch schließlich völlig aus.
Gesagt - getan. Meine Bewerbungsschreiben an etliche Groß-WG's in der Umgebung wurden mit der Zeit immer skeptischer, die Antworten je nach Tages- und Uhrzeit immer amüsanter.
Doch nach kurzer Zeit wurde ich tatsächlich fündig: Studenten-WG, zehn Bewohner, riesen Bude und innerhalb meines Wohlfühl-Zwanzigkilometerradius. Außerdem in der Beschreibung ein bodenständiges „Joar, chillen, grillen, Kasten killen“.

Überzeugt. Sofort schrieb ich eine aussagekräftige Bewerbung, in welcher ich weitestgehend versuchte nicht durchblicken zu lassen, dass meine Bürokrateneltern mir zwar die unabdingliche Wichtigkeit einer Steuererklärung, jedoch nicht die Regeln eines Beerpong-Tuniers auf meinen Lebensweg mitgegeben hatten.
Meine fehlende WG-Erfahrung machte ich anscheinend durch meinen weiblichen Charme wieder wett. So erhielt ich nach kurzer Zeit eine Antwort und eine Einladung zum „Casting“. Misstrauisch suchte ich die hochgeladenen Bilder nach einer schwarzen Ledercouch ab. Als ich nicht fündig wurde, sagte ich dem Casting schließlich zu. Dabei versuchte ich mich von dem Satz: „Wie cool, du bist übrigens unsere einzige Bewerberin“

vorerst nicht abschrecken zu lassen.
Ein paar Tage darauf dann das Kennenlernen. Aufgrund der zuvor erwähnten Bürokrateneltern bog ich natürlich viel zu früh in die Straße ein in der sich das Haus befand. Beunruhigenderweise lag dieses mitten in einem Industriegebiet, weshalb meine Gedanken erneut um die Ledercouch zu kreisen begannen.
Ich klingelte und öffnete die videoüberwachte Eingangstüre. Den Treppen nach oben folgend, fand ich mich vor einer knallrot gestrichenen Wohnungstür wieder. Mit den Worten „Einfach reinkommen, hier ist eh nie abgeschlossen“ (niemals dürfte meine Mutter das erfahren) wurde ich von einem jungen Mädchen etwa Mitte zwanzig begrüßt.

Kapitel 2 – *Kennenlernen*

Von meinem Klingeln aufgeschreckt kam hinter mir plötzlich Leben in den Flur. Aus einem weiteren Zimmer kamen mehrere Leute angelaufen, begrüßten mich freundlich und liefen an mir vorbei in die Wohnung. Wir setzten uns in einer geräumigen Wohnküche an einen großen Tisch und in Gedanken zählte ich durch. Sieben von zehn, immerhin. Dass sechs davon junge, attraktive Männer waren, würde ich meinem Freund vielleicht doch erst nach Unterzeichnung des Mietvertrags erzählen.

Die Namensrunde verlief wie jede Vorstellungsrunde die ich in meinem Leben bisher je hatte. Ich nickte freundlich und höflich und vergaß jeden einzelnen Namen in der Sekunde, als er mir genannt wurde. Um gedanklich bei der Sache zu bleiben, taufte ich jeden der Männer in meinem Kopf einfach „Justus“ und das Mädchen „Charlotte“.

Justus 1 begann mit der offiziellen Begrüßung. „Schön, dass du hier bist, hast du gut hergefunden? Ich heiße (hier später gedanklich bitte richtigen Namen einfügen). Wir suchen eine neue Nachmieterin, am besten eine Frau.“

Ich hoffte, dass der vorsichtige Blick den ich Charlotte zuwarf um herauszufinden, ob sie hier gegen ihren Willen festgehalten wurde, niemandem auffiel. Doch die wirkte absolut tiefenentspannt.

Auf die Frage von Justus 3, welcher direkt wissen wollte, was ich mir eigentlich von meinem zukünftigen Leben hier so erwartete, erzählte ich so wortgewandt und lässig wie möglich weshalb ich eine Wohngemeinschaft suchte trotz fehlender Immatrikulationsbescheinigung. Entgegen des Wunsches meines Vaters das Gymnasium nicht nach der sechsten Klasse zu verlassen, hatte ich nämlich nicht den Weg einer Studierenden eingeschlagen sondern klassisch eine Ausbildung absolviert.

Justus 3 musterte mich während meiner Erzählungen zwar mit einem intensiven Blick, den ich nicht so recht zu deuten wusste, doch insgesamt passte alles. Die Sympathie auf Seiten aller war definitiv vorhanden, der Testosteronüberschuss immerhin durch Charlotte ausgeglichen und der Altersdurchschnitt lag bei geschmeidigen fünfundzwanzig. Das einzige Küken war Justus 5, der frisch neunzehn geworden und dessen Lieblingsbeschäftigung es war, von freitags bis sonntags auf diverse Techno Raves zu gehen. Mir wurde die „riesen Bude“ gezeigt, welche tatsächlich riesig war und ausnahmsweise wohl nicht dem klassischen Internet-Catfish entsprach. Nach meinem anerkennenden Nicken zu der teils sehr spartanisch gehaltenen Inneneinrichtung der anderen Zimmer ging ich im Kopf schon durch, wie viele Ikea Regale ich besaß und wo sie ihren Platz finden würden. Zum Abschluss des Abends fanden wir uns alle auf der einladenden Terrasse ein, welche überraschend schön bepflanzt worden war. Hier trennte sich die Spreu vom Weizen, die Raucher von den Nichtrauchern. Fraktionen, derer Einstellung wegen schon

Mieterschutzbünde gegründet worden waren. Doch die Gruppe war human und zivilisiert, der Anteil der Raucher überwog und die drei übrigen, die ihr ursprüngliches Lungenvolumen wohl bis ins hohe Rentenalter behalten wollten, hatten damit kein Problem.

Kapitel 3 – *Bücherregale*

Wir finden uns also drei Wochen später wieder in meinem neuen WG-Zimmer, welches wegen meines just erfolgten Einzugs noch aus einem diabolisch ausgeklügelten Labyrinth aus Ikea Möbeln und sterbenden Pflanzen bestand. Charlotte, welche sich inzwischen als Corinna geoutet hatte (ich war aber nah dran gewesen!) und Justus 6, dessen Namen ich mir hoffentlich bald würde merken können, halfen mir netterweise dabei, einzelne Schrankteile zusammenzubauen. Dass sie dabei die Türen falschherum anbrachten machte nichts. Nicht jeder Student ist nach seiner dritten Tüte am Morgen noch handwerklich hochbegabt und es kam ja immerhin auf die Geste an.

Viereinhalb Stunden später stand der Großteil meiner Möbel und selbst die Schranktüren hatten wieder ihre richtigen Positionen eingenommen. Justus 3 mit dem intensiven Blick schlich in unregelmäßigen Abständen immer wieder an meiner offenen Zimmertüre vorbei. Die Last der Neugierde wog schwer auf seinen Schultern, noch schwerer würde aber die Last wiegen, weitere Möbel in den dritten Stock zu schleppen, weshalb er sich wie ein scheues Reh jedes Mal wieder verzog sobald ich versuche Blickkontakt aufzunehmen.

Die Krönung meines Einzugs ergab sich jedoch am späten Nachmittag beim Aufhängen meiner Regale. Hier wurde deutlich, wie einfach ich in meiner jetzigen Lebenslage wohl damit beginnen könnte breitgefächerte empirische Studien zur Sozialforschung zu betreiben. Das grundlegende Bedürfnis des Primaten von anderen zu lernen sahen wir nämlich hier an Justus 1, 2 und 3, welche sich inzwischen zu den Namen Noah, Jacob und Elias bekannt hatten und Justus 6 Namens Marten interessiert vom Sofa aus dabei zusahen, wie dieser Löcher anzeichnete, bohrte und die Regale an der Wand befestigte. Statt der erwarteten Anerkennung bekam er dafür am Ende jedoch nur die sehr theoretische Fachsimpelei, wie jeder Einzelne von ihnen es selbstverständlich hätte besser machen können.

Kapitel 4 - *Der erste Tag*

Man sagt, die erste Nacht in einer neuen Umgebung sei ausschlaggebend dafür, wie der dortige Aufenthalt in Zukunft verlaufen würde. Gegen vier Uhr morgens fand ich mich also meinen baldigen Auszug planend hellwach am Fußende meines Bettes wieder.

Aus Sicherheitsgründen hatte ich vor dem Schlafengehen nämlich eine leere Plastikflasche vor der Innenseite meiner Türe postiert, deren Umfallgeräusch (hoffentlich nimmt der Duden dieses wichtige Wort bald in sein Repertoire auf) mich wecken sollte, falls einer meiner neuen Mitbewohner auf die Idee kam, mir nachts einen Besuch abzustatten.

Man wusste ja nie und da die normalsten Geräusche nachts ja bekanntermaßen hundertmal lauter waren als tagsüber, war das ein todsicherer Plan, davon aufzuwachen. Dass leere Plastikflaschen jedoch auch die Standfestigkeit eines Ende siebzigjährigen hatten und von einem Luftzug durch ein gekipptes Fenster auch mal gerne von selbst umfielen, hatte ich bei meinem Plan leider nicht bedacht. Da machte sich das fehlende Abitur eben doch bemerkbar.

Der nächste Morgen gestaltete sich dafür jedoch deutlich angenehmer. Da die Zimmer der „riesen Bude“ auf Sage und Schreibe drei ganze Stockwerke aufgeteilt waren, teilte ich mir das Bad mit Noah, Elias und dem Küken Marcel. Als wäre so viel Platz nicht schon Luxus genug, war dieses ausgestattet mit einer

Fußbodenheizung und direkt neben meinem Zimmer. Um genauer zu sein war es direkt neben meinem Bett hinter der Wand, welche die Dicke und die Schallisolierung eines Knäckebrots zu haben schien, denn ich wurde geweckt von dröhnendem Techno.

Da es Sonntagmorgen war und ich nicht genau wusste, ob Marcel gerade aufgestanden oder erst heimgekommen war ignorierte ich die Tatsache der jähen Weckung und beschloss, mir unten in der Küche ein Frühstück zu machen.

Die Küche mit angrenzendem Essbereich war so riesig, dass locker fünfzehn Leute dort Platz gefunden hätten. Umso mehr bewunderte ich den eisernen Willen der WG, wirklich alles was man hier zu besitzen schien auf den Fensterbänken stapeln zu wollen. Ich

bestaunte den mit Stickern beklebten Vintage-Toaster aus den 90ern dicht gedrängt neben dem unvollständigen Set Spielkarten neben den drei halben Kerzenstummeln direkt neben einer toten Pflanze, deren Übertopf als Kronkorken-Endlager genutzt wurde.
Da die Küchenschränke genauso zahlreich vertreten waren wie Mitbewohner war ich froh, dass Noah mir trotz seiner schüchternen Art wortgewandt erklärte, wer wo seine Vorräte unterbringen konnte und dass jedes der nicht zusammenpassenden Geschirr- und Besteckteile von allen gemeinsam genutzt wurde. Es war also der nackte Kampf ums Überleben.
So lebte ich mich ein und die anderen wuchsen mir ans Herz. Gut, manche mehr manche weniger aber insgesamt war ich wahnsinnig

glücklich. An einigen Tagen mehr glücklich und an anderen mehr wahnsinnig aber es hielt sich die Waage.

Kapitel 5 – Rigatoni

Ich verbrachte meine Tage mit Arbeiten und die Abende gemeinsam mit den anderen. Eine gemeinsame Koch- und Essensgruppe mit Noah, Jacob und Elias erleichterte es mir, nicht jeden Tag überlegen zu müssen, was ich essen wollte und machte vieles einfacher – dachte ich zunächst. Zu meiner großen Enttäuschung war es nämlich eben nicht meine heißgeliebte Tiefkühlpizza und diverse andere Fertiggerichte, welche hier täglich auf dem Speiseplan standen, sondern nur frische, selbstgemachte Hausmannskost. Natürlich alles vegetarisch, denn Elias hatte beschlossen seinem Körper nur noch Fleisch zuzumuten, wenn es das teure Super-Öko-Hafermilch-Alnatura-Birkenstock-Bio-Rind vom Bauern nebenan oder vom Dönerstand zwei Straßen weiter war. Lobenswerte Einstellung und sollte mich auch nicht weiter stören aber der Aufwand, Nudeln selbst zu machen ging über meine Geduldsgrenzen wenn ich Hunger hatte doch weit hinaus.

Nichtsdestotrotz, ich hatte meine Wahl in einer Gemeinschaft zu leben getroffen und musste nun auch mit den Konsequenzen zu leben lernen. Ich unterwarf also das Einzelkind in mir meinem neuen, sozialen Willen und schloss mich der Gruppe an.

So lernte ich jedoch, dass die Welt nicht nur aus dreieinhalb Gemüsesorten und einer Form von Nudeln bestand, sondern viel mehr als das zu bieten hatte. Und dass zusammen den Tag ausklingen zu lassen so viel schöner war, als gedacht.

Kapitel 6 – *Achtung Personenkontrolle!*

So langsam entdeckte ich den tieferen Charakter meiner Mitbewohner und konnte einschätzen, zu welchem Zeitpunkt es günstig war Müsliriegel und andere Güter von ihnen zu erschnorren und wann nicht. Da man sich doch nicht nur sporadisch sah, sondern täglich miteinander konfrontiert wurde, bemerkte ich die kleinen aber feinen Eigenheiten, die jeder von Ihnen an den Tag legte.

Lasst mich beginnen mit Justus 1 alias Noah. Dieser zunächst schüchterne Kerl hatte es faustdick hinter den Ohren wenn er sich einmal wohlfühlte. Nach einiger Zeit blühte er richtig auf und war einer der herzlichsten

Menschen, die ich je kennenlernen durfte. Dass er Herr Dr. Professor Prokrastination in persona war und man ihn deshalb nur außerhalb der Prüfungsphasen zu Gesicht bekam, störte da nicht weiter.

Elias war da ganz anders. Dieser Workaholic schien sein Leben eindeutig fest im Griff zu haben außer, was den Konsum von schlechten Fernsehserien betraf. Trotzdem, oder gerade deshalb, liebte ich seinen Humor bis ins Unermessliche und wurde immer wieder aufs Neue davon überrascht. So fehlte Etwas an jedem Tag, an dem er nicht Zuhause war.

Mit Jacob musste ICH erst einmal warm werden. Gut, er mit mir auch. Zu Beginn so ruhig wie ein etwas grimmig dreinschauendes Plüschtier war er schwer einzuschätzen, doch ich redete unerbittlich auf ihn ein, bis er aus

sich herauskam. Auch er wurde mir mit seiner liebevoll brummeligen Art einer meiner liebsten Mitbewohner.
Bei Corinna sah das Ganze schon etwas anders aus. Ein paar Monate nach meinem Einzug bemerkte ich eine gewisse Spannung zwischen uns und ich meine hier nicht die der angenehm erotisch knisternden, sondern die der klischeehaft Gift- oder; für die Verschwörungstheoretiker unter uns, Chemtrail sprühenden Art.
Daher war ich beruhigt, Marten als einen Ruhepol in der WG zu wissen. Mit seiner entspannten Art konnte dieser Mann sogar selbsterklärte Rechtsradikale zu einer Demonstration für die Linke motivieren. Oder mich dazu bewegen, Rosenkohl zu essen, was ähnlich schwierig war.

Marcel hingegen war zwar auch ein Ruhepol, jedoch nur sein eigener und aus unerfindlichen Gründen auffallend vergesslich. Es konnte passieren, dass er mir die gleiche Geschichte zweimal erzählte. In einem Abstand von einer halben Stunde.

Nicht zu vergessen jedoch blieb noch Cedric. Ähnlich wie Noah ein sehr schüchterner junger Mann, den ich hemmungslos mit Fragen löcherte, bis er auftaute. Ich würde sogar behaupten, alles in allem war Cedric ein wirklich guter Mensch. Bis auf dann, wenn er kochte. Seine Gewürze trieben mir meist die Tränen in die Augen, weshalb ich flüchtete, sobald er die Küche betrat.

Blieben nur noch zwei, die zu beschreiben ich zu diesem Zeitpunkt noch nicht fertig brachte. Die Geister der Wohngemeinschaft.

Kapitel 7 - *Hui Buh*

Wie bei Paranormal Activity fragte man sich von Zeit zu Zeit, ob es in der Wohnung spukte. Teller und Gläser, welche auf mysteriöse Weise verschwanden oder den Platz wechselten, Waschmaschinen voller fremder Wäsche (nach ein paar Monaten konnte ich die verschiedenen Wäscheladungen allein anhand der Socken meinen jeweiligen Mitbewohnern zuordnen) und laute Musik hinter bisher immer verschlossenen Zimmertüren. Es gab verschiedene Möglichkeiten, welche mir mehr oder minder plausibel erschienen. Erstens: Bigfoot. Das würde zumindest die dunklen Haare in der Dusche erklären. Zweitens, eine abgefahrenere Version von Schneewittchen und den sieben Zwergen, bloß dass ich hierbei einer der sieben Zwerge und nicht Schneewittchen wäre, was mir dann doch sehr unwahrscheinlich vorkam. Und Drittens wollte mir partout nicht einfallen, da ich doch sehr an Erstens festhielt, bis mich die anderen über Maja und Lennard aufklärten.

Anscheinend lebten tatsächlich zehn Menschen (oder neun plus Bigfoot, so schnell gab ich meine Theorie nicht auf) in dieser Wohnung. Ich rätselte, wie sie sich so unbemerkt durch die Gegend bewegen konnten.

Da es in einer Wohngemeinschaft dieser Größe zum guten Ton gehörte, ähnlich wie Hugh Hefner ständig wechselnde Gäste zu beherbergen, war ich mäßig überrascht eines morgens in der Küche einem weiteren jungen Mann zu begegnen. Gebannt und fasziniert starrte er durch die Scheiben des Backofens auf seine langsam braun werdenden Brötchen und ich fragte mich, wie ich mir selbst wohl aneignen könnte mich so brennend für die kleinen Wunder des Alltags zu begeistern. Ich begrüßte Ihn kurz aber nicht sonderlich interessiert, da ich ihn auf Erfahrungswerten beruhend sowieso nie wieder sehen würde.

„Moin.“, sagte ich.

„Was Moin. Das geht auch freundlicher.“

„Entschuldige Mal, ich wohne hier.“

„Ja und? Ich auch.“

Da dämmerte mir langsam, mit wem ich es hier zu tun hatte.

„Luca.“

„Lennard.“

„Sag ich doch."

Wir sahen uns skeptisch in die Augen, musterten uns von oben bis unten und versuchten den nächsten Schritt des anderen vorherzusehen. Kampf oder Flucht.

Er entschied sich für Flucht.

„Na denn.", sagte er und verschwand aus der Küche. Die Brötchen ließ er einfach zurück.

Fein, Frühstück.

Ein mysteriöses, sagenumwobenes Fabelwesen sollte für mich also wohl nur Maja bleiben.

Nach einigen Monaten zweifelte ich ernsthaft an ihrer Existenz und obwohl die anderen fest davon überzeugt waren, ich blieb skeptisch.

Kapitel 8 – *Duftnoten*

Tage später bemerkte ich plötzlich einen seltsamen Geruch. Erst dachte ich, Cedric koche wieder, doch ich kam nach kurzer Recherche meines fantastisch ausgeprägten Riechorgans auf den Flur als den Ort des Übels. Genauer genommen führte der Flur zu drei weiteren Zimmern und aus einem davon roch es besonders stark.

Marcel.

Meine sonst von Pollen, Staub, Tierhaaren, Nasenhaaren und Nikotin geschädigte Nase lief heute vor lauter Aufregung nicht vor Rotz, sondern auf Hochtouren.

Vorsichtig näherte ich mich seiner Zimmertüre

und klopfte an. Als er öffnete, schlug mir eine olfaktorische Schelle ins Gesicht. Aha. Hier also kam er her, der betörende Duft.

Taktisch klug versuchte ich Marcel weis zu machen, er hätte mir schon davon erzählt, was hier solch eine Geruchsbelästigung verursache und bräuchte nun noch mehr Informationen. Doch diesmal fiel er nicht darauf herein. Stattdessen brauchte er anscheinend mehr Informationen von mir, bevor ich das Geheimnis des Gestanks erfahren durfte. Er fragte mich:

„Kennst du Bullen?“

„Die auf der Weide?“

„Nein man, Cops eben.“

„KoPS, der Konnektorsimulator für Primärsysteme?“

Kurz war ich schwer beeindruck.

„Nein maaan, die Polizei mein ich. Also, so ganz persönlich mein ich.“

„Nein.“

Ich sah, wie es in seinem Kopf ratterte.

„Na dann komm rein, ich zeig dir was.“

Kichernd lief er voraus. Im diffusen Licht der Lavalampe in seinem Zimmer, welche mir traumatische Flashbacks an diverse 60er Partys bescherte, sah ich schon von weitem eine weitere Lichtquelle.

Aus den Ritzen seines Kleiderschranks leuchtete es, wie in einem Film über Außerirdische die Luke des Raumschiffes leuchtete, kurz bevor sie geöffnet wurde. Dramatische Hintergrundmusik spielte in meinem Kopf. Was könnte es nur sein? Die illegale Haltung einer extrem seltenen und gefährlichen Tierart? Die Reifung einer neuen Sorte Schimmelkäse?

Doch ich hatte ihn wohl überschätzt. Er öffnete den aus der Nähe deutlich hörbar brummenden Schrank. In der Mitte, mit direkter Beleuchtung durch eine Wärmelampe von oben und einer surrenden Lüftungsanlage an den Seiten wuchs ein Haschischbäumchen von nicht unbeachtlicher Größe heran.

„Hammer, oder?“

Seine sonst so lethargisch herabhängenden Gliedmaßen begannen vor Freude unruhig zu zappeln.

Er erklärte mir, dass die Lüftung ausgefallen sei, er sie jetzt aber wieder repariert bekommen hätte.

Enttäuscht zog ich von dannen. Der Fall des Duftbäumchens war geklärt.

Kapitel 9 – *Fleckenlos*

Einige Wochen nach meinem Einzug beschlossen meine Eltern, es wäre nun an der Zeit sich in meine neue Wohnstätte zu wagen. Dass einem solchen Besuch einiges an Vorbereitung meinerseits voranging, ahnten sie vermutlich schon, denn sie kündigten sich sechs Wochen im Voraus an. Die Möglichkeit mir so viel Zeit zum Aufräumen zu geben, rechnete ich ihnen hoch an.

Am Abend vor ihrer Ankunft begann ich also damit, diverse Veränderungen an unserem Mobiliar vorzunehmen. Jedes Bild mit halb- oder ganznackten Frauen, Männern oder Tieren wurde von mir an den wichtigsten

Stellen auf simple aber kreative Weise mit einem Haftnotizzettel abgedeckt. Der Zettelblock wurde mit der Zeit immer kleiner und meine Sorge immer größer, dass er nicht ausreichen würde, doch waren meine Bedenken offensichtlich unbegründet. Schließlich hatten wir noch genug Panzertape vom Reparieren der kaputten Lüftungsanlage aus Marcels Schrank übrig.
Ich wischte Staub an allen möglichen freien Stellen, putzte das Bad und schaltete die LED-Beleuchtung vorsichtshalber von bordellrot um auf warmweiß. Einzig und allein als übriggebliebenes Problem entpuppten sich die vierundzwanzig Bierkästen, welche sich im Flur als eine Art Riesenjenga-Spiel stapelten. Doch für jedes Problem gab es auch hier eine Lösung. Ich sammelte von einigen meiner sehr

hilfsbereiten Mitbewohnern diverse Bettlaken ein, welche sie selbst als fleckenlos bezeichnen würden und warf sie beherzt über die Bierkästen. Ich betrachtete mein Werk aus verschiedenen Winkeln, trat mehrere Schritte zurück und war überzeugt, ein Kunstwerk erschaffen zu haben.

Meinen Eltern würde ich erklären, dass Elias als Raumfahrtingenieursstudent hier einen neuen Raketen-Prototyp für Space-X entwickele, dieser wegen Geheimhaltungsvorschriften jedoch leider verdeckt bleiben müsse. Clever.

Kapitel 10 - *Hoheitlicher Besuch*

Der nächste Tag brach an, der Tag des Besuchs. Mein mittlerweile eine vier Stunden Nacht gewohnter Schlafrhythmus weckte mich gegen kurz vor vierzehn Uhr.

Fit und ausgeschlafen und beflügelt durch einen leichten Anflug von Restalkohol in meinem Blutkreislauf machte ich mich begleitet von lauter Hip-Hop Musik aus Martens Zimmer auf den Weg in die Küche.

Hier sollte der Schauplatz des ganzen Spektakels sein.

Meine männlichen Mitbewohner hatte ich vorsorglich gebeten, sich zumindest heute an den Bekleidungsvorschriften diverser religiöser

Stätten ein Beispiel zu nehmen und nicht nur in Boxershorts bekleidet durch die Küche zu stiefeln.

Um vierzehn Uhr dreißig klingelte es und der nur mit einem Handtuch bekleidete Jacob flüchtete schnell in sein Zimmer zwei Stockwerke höher.

Ich öffnete den königlichen Herrschaften die Tür. Als Opfergabe an die WG-Götter hatten sie mir eine neue Pflanze mitgebracht, welche aufgrund ihres robusten Aussehens wohl deutlich langsamer sterben würde als die anderen Grünpflanzen in meinem Besitz. Um die anderen Bewohner milde zu stimmen, hatten sie außerdem noch drei große Tüten vom Bäcker dabei.

Ich freute mich sehr über ihren Besuch, so konnte ich doch endlich mit Stolz zeigen, wie

ich lebte und aufblühte in einer so kreativen Gemeinschaft. Ich zeigte ihnen mein geräumiges Zimmer, von dem aus ich einen fantastischen Blick auf die umliegenden Großfabriken hatte.
Als wir wieder in die Küche kamen, waren zwei der drei Bäckertüten verschwunden und neben der dritten lag ein Zettel mit dem freundlichen Hinweis: Nächstes Mal aber auch Kuchen!
Wir setzten uns und ich machte meinen Eltern einen Kaffee. Aufgrund des eklatant gönnerhaften Sponsorings der neureichen Eltern Cedrics hatten wir eine fantastische Kaffeemaschine mit einem ganzen Haufen an Knöpfen und Funktionen.
Der Duft frischen Kaffees lockte jedoch auch einen anderen Bewohner aus seinem Versteck und so plauderten meine Eltern entspannt mit

mir und dem angeblichen Raumfahrtingenieur Elias über sein neues Projekt in der Treibstoffforschung. Raffiniert lenkte er das Thema aufgrund seiner nicht unerheblichen Wissenslücken zu Raketen, Treibstoff und Space-X schnell zu Dingen die er kannte und erzählte meiner Mutter in aller Ausführlichkeit von der neuen Folge „Love Island".

Noch heute fragt meine Mutter mich, wieso ich mich denn nicht auf einen solch facettenreichen und gebildeten jungen Raketenwissenschaftler habe einlassen wollen.

Kapitel 11 - *Sommer, Sonne, Sonnenschein*

Einlassen wollte ich mich jedoch lieber auf einen der anderen. Wie das so ist, wenn man mit dem anderen Geschlecht auf engem Raum zusammenlebt und sich während der gesamten Sommermonate zeigt, wie viel Quadratzentimeter Haut man in Wirklichkeit besitzt, entwickelt sich doch hier und da eine gewisse Anziehung.

Entgegen meines bisherigen Beuteschemas welches aufgrund diverser schlechter Vorbilder aus Film- und Fernsehen hauptsächlich aus Männern mit Vorstrafen bestand, erkannte ich im dem schüchternen Noah einen überaus passablen Partner.

Dieser wusste von seinem Glück vorerst noch nichts und ich versuchte, ihm mein neu erwachtes Interesse an ihm deutlich zu machen indem ich begann, ihn vollkommen zu ignorieren.
Entgegen aller meiner Erwartungen nun haltlos umworben zu werden, ignorierte er mich daraufhin ebenfalls. Ich war aufgeschmissen, denn mehr Flirttaktiken als diese kannte ich nicht.
Erfolgsorientiert wie ich jedoch war, sah ich es von nun als Mission an, diesen Mann um jeden Preis für mich zu gewinnen. Bessere Taktiken mussten also her. Der vorgetäuschte Rückzug hatte so schon mal nicht funktioniert und da Männer des Öfteren etwas schwerfälliger waren, diskrete Hinweise aufzufassen, ging ich zum direkten Angriff über: Blickkontakt

suchen.
„Hast du was im Auge?“ fragte er mich nach einer zweiminütigen Anstarr-Performance mit diversem koketten Geblinzel. Das war zwar nicht, was ich erwartet hatte aber gut. Immerhin hatte ich nun seine volle Aufmerksamkeit.
„Ja, kannst du bitte mal nachsehen?“ Meine Mutter sagte immer, man solle das Beste aus einer Situation machen, selbst wenn sie anders läuft als geplant. So lockte ich ihn immerhin nah an mich heran und konnte ihn mit meinem betörenden neuen Duft („Fresh Couture“) umgarnen.
„Was stinkt denn hier so?“, fragte er und rümpfte die Nase. Kein Grund aufzugeben. Mit großen Rehaugen blickte ich ihn an und erwartete nun, dass sein männliches Gehirn

endlich schnallen würde, was hier vor sich ging.

„Aua!“ rief ich, als er mir unerwartet einen Finger ins Auge steckte.

„Ich habs!“ jubelte er erfreut. Dann sagte er: „Jetzt halt doch endlich mal still.“

Ich war empört. Und nach dieser Niederlage auch endlich bereit dazu, aufzugeben. Sollte er doch einer anderen den Finger ins Auge stecken.

So höflich wie möglich bedankte ich mich bei ihm und ging ins Bad. Denn nun hatte ich etwas im Auge.

Kapitel 12 – *Schwimmweste*

Dass sich in zu vollen; und selten bis gar nicht geputzten Kühlschrankfächern ab und an das Wasser sammelte, war für alle Beteiligten dieser Wohngemeinschaft ein völlig neues Phänomen.

Nach einer hervorragenden Nacht aber einem viel zu frühen Erwachen – die Arbeit rief – tapste ich, mich noch halb in der REM-Schlafphase befindend, in die Küche. Hellwach wurde ich dadurch, dass sich mein Fuß in einer nass-kalten Pfütze wiederfand welche meine Socke sofort zur Gänze durchtränkte.

Genervt öffnete ich beide Augen nun doch komplett um den Ursprung dieser neu entstandenen Frischwasserquelle unserer Küche zu erforschen. Aus dem Kühlschrank tröpfelte ein leises Rinnsal, welches sich wohl irgendwann zu einer eigenen Naturgewalt entwickeln und Mäander in unseren Fliesenboden schlagen würde, wenn wir nicht bald etwas dagegen unternahmen.

Kurz dachte ich darüber nach, welch überraschter Aufschrei durch die Welt der öffentlich-rechtlichen Medien zum Thema Klimaaktivismus gehen würde, wenn wir hier in unserer Küche spontan einen Staudamm errichten würden. Doch ich verwarf den Gedanken schnell wieder. Dafür war der winzige See, der sich zu meinen Füßen wohl über Nacht still und heimlich gebildet hatte, einfach zu klein.

Bei genauerer Betrachtung fiel mir jedoch auf,

dass ich wohl doch nicht die Erste war, die dieses erfrischende Nass entdeckt haben musste. Ein winziges, gelbes Schild stand inmitten der Pfütze.

>> Caution – Wet Floor <<

Auf der Rückseite ein Strichmännchen, welches gerade in einer Pfütze ausrutschte und hinfiel. Misstrauisch blickte ich mich um. Ich sah mich vor meinem inneren Auge bereits konfrontiert mit einer Schar wütender Mäuse, welche bewaffnet mit winzigen Schildern gegen die Überflutung ihrer Wohnungen und Erhöhung der Mietpreise demonstrierten. Doch es war weder das Werk demonstrierender Mäuse noch sonstiger kleiner Wesen. Noah hatte, ganz der Prokrastinateur der er war, das winzige Schild gebastelt und auf einem seiner nächtlichen

Raubzüge nach Nahrungsmitteln in die Pfütze gestellt.

Kapitel 13 – *Langkornreis*

Was so eine Wasserquelle mitten auf dem Küchenboden jedoch für Vorteile zu bieten hatte, sollte ich bald erfahren.
Zwei Tage später – Pfütze und Schild waren immer noch da – bemerkte ich eine Veränderung am Rande des inzwischen etwas größer gewordenen Sees. Wie zu einer Oase in der Wüste waren einige Wildtiere herbeigeeilt um hier ihren Durst zu stillen. Voller Bewunderung für Mutter Natur betrachtete ich das winzige Biotop, welches sich wohl bald zu einem eigenen Biosphären-Schutzgebiet erklären lassen würde.
Doch da entdeckte ich sie. Neben friedvoll

schlürfenden Stubenfliegen, diversen Staubfusseln, einem Marienkäfer und; wie auch immer er in den zweiten Stock gelangt war, einem Grashüpfer – eine Motte! Das insektarische Äquivalent zu den Tauben als Ratten der Lüfte! Die bösartigste Kreatur, die ein Schwabe zu kennen glaubte, denn sie fraß sich ungefragt und ohne zu zahlen durch jedes Lebensmittel, hinterließ dort ihre Larven und machte somit jede Packung Nudeln zum Verzehr ungeeignet.

Schnell rief ich die anderen zu mir um Kriegsrat zu halten. Der Ernst der Lage war völlig klar. Um festzustellen, wie weit die inzestuöse Fortpflanzung dieses kleinen, bösartigen Wesens schon fortgeschritten war, untersuchte jeder von uns seine eingelagerten Lebensmittel genauestens. Angst machte sich breit. Keiner wollte der oder die Schuldige sein, welcher verantwortlich und somit der Auslöser war für einen unbarmherzigen und mit hoher Wahrscheinlichkeit sogar Jahre andauernden Krieg mit der Mottenkönigin. Wüste Beschimpfungen Seitens Marcel prasselten auf mich nieder. Ich wäre als Letztes eingezogen und somit ganz klar verantwortlich für diesen Ausnahmezustand, sicher hätte ich die Motten eingeschleppt. Sein dünner, bleicher Finger berührte, fest auf mich zeigend, fast meine Nase. Er stand in großem Kontrast zu seinem inzwischen hochroten Gesicht. Behutsam schob ich ihn beiseite und betrachtete die Packung Langkornreis in seiner anderen Hand, welche er fest umklammerte. Er folgte meinem Blick und schnell versteckte er den Reis hinter seinem Rücken, doch zu spät

– ich hatte das krabbelnde Getier darin bereits entdeckt.
Da mir als Kind schon beigebracht worden war, man solle nicht mit einem Finger auf Leute zeigen, nahm ich gleich zwei davon und richtete sie auf ihn. Denn nun war ich wütend. Mich der Mottenzucht zu inkriminieren aber selbst der Kopf der Organisation zu sein, das ließ ich nicht auf mir sitzen. Den von Motten bewohnten Teebeutel in meiner Hand ließ ich diskret in den Tiefen meiner Hosentasche verschwinden.
Wir einigten uns auf Marcel als Übeltäter, nahmen uns vor, nun regelmäßig auf unsere Vorräte zu achten (ja wer's glaubt) und entsorgten den Reis in einem nahegelegenen Wohngebiet, um die dortigen Rentner auf Trab zu halten.

Kapitel 14 – *Privatinsolvenz*

Statistisch gesehen passieren die meisten Unfälle nicht auf der Straße, sondern in den eigenen vier Wänden. Dies gilt, wie ich durch etliche Mittelalterdokus feststellen durfte, im Übrigen auch für runde Bauten mit nur einer Wand.

Wie so häufig traf ich beim Verlassen meines Zimmers auf Elias, welcher in seiner pinken Jogginghose von Zeit zu Zeit den Anschein machte, im Flur statt in seinem Zimmer zu wohnen. Angelockt von unsere Stimmen gesellte sich nach wenigen Sekunden auch Noah zu uns, welcher die Möglichkeit, sich vor dem Lernen auf allerlei Prüfungen zu drücken, direkt erkannt hatte.

Wie alte Tratschtanten die sich zwar täglich sahen aber doch immer etwas zu besprechen hatten, standen wir eine kleine Ewigkeit im Flur herum. Als die Älteste von uns setzte ich mich auf den Boden, um Rücken und Knie vorbeugend zu schonen.

Um mich zuvorkommender weise trotzdem am lebhaften Gespräch teilhaben zu lassen stellte sich Elias nah an mich hin. Als der geborene Grobmotoriker der er jedoch nun einmal war, stieß er dabei mit seinem Fuß gegen das Regal neben dem ich saß und ein Brett von der Größe eines Thunfischs (Walfisch wäre dann DOCH zu übertrieben) knallte mir auf den Kopf. Tapfer wie ich war, begann ich sofort zu weinen wie eine vierjährige als mir das Blut literweise über das Gesicht lief.

Der offensichtlich nicht als professioneller Ersthelfer ausgebildete Elias rannte in die Küche, um mir kurz daraufhin eine vollständige Rolle Küchenpapier an die Stirn zu drücken. Zu meinem Glück war Noah deutlich erfahrener im Umgang mit Verletzungen und suchte in seinem Zimmer bereits nach Verbandszeug. Das Dino-Pflaster wölbte sich über die gigantische Beule an meiner Stirn und ließ den niedlichen Stegosaurus darauf nur noch plastischer erscheinen. Die Wirkung war fantastisch.

Wenig später, als die stechenden Kopfschmerzen langsam nachließen, begleitete Noah mich in die nahegelegene Apotheke um Klammerpflaster zu kaufen. Damit die beiden Enden der Platzwunde auf meiner Stirn auch ordentlich wieder zusammenwuchsen. Ich fragte also nach einer kleinen Packung Klammerpflaster und vorsichtshalber nach Heftpflastern. Schließlich wollte ich die Verletzungsgefahr auf der Arbeit nicht steigern, indem ich meine Kollegen neidisch auf mein Dino-Pflaster machte.

„Das macht dann 23,50€ bitte."

„Was?"

„Dreiundzwanzigfünfzig. Bitte."

Erstaunt suchte ich nach der Großbestellung an Pflastern, die ich wohl soeben aufgegeben haben musste. Vielleicht war meine Kopfverletzung doch deutlich schlimmer als gedacht? Man zeigte mir mit energischem Wink die Preise, welche in Apotheken wohl wegen des größeren Sortiments auch dreimal so hoch waren.

Perplex bezahlte ich die genannte Summe und

war froh, nicht auch noch neue Dino-Pflaster gekauft zu haben.

Kapitel 15 – *Socken und Gurken*

Es gibt, wie ich finde, verschiedene Dinge die im Leben eine gewisse Spannung erzeugen. Wasserkraftwerke zum Beispiel. Aber auch romantische Spannung, die Spannung in Filmen ob der Held es nun schafft oder nicht oder auch die Spannung eines Bogens zum nächsten Thema.

Am spannendsten (oder auch am abenteuerlichsten) fand ich bisher jedoch die Voraussetzung, sich zu zehnt eine Waschmaschine zu teilen.

Bei meinem Einzug hatte ich vorerst keinen Gedanken daran verschwendet, wie ich zukünftig den alltäglichen Dreck wieder aus

meiner Kleidung herausbekommen sollte. Eine Woche und zwei große Wäscheberge später ließ sich die Klärung dieser Frage jedoch nicht mehr länger aufschieben.
Ich schmierte mir also zwei Brote als Proviant und begab mich auf die langwierige Reise aus dem dritten Stock in den Keller wo sich die Waschküche befand. In der Erwartung, hier mehrere Waschmaschinen und eventuell sogar eine Wäscheleine vorzufinden, betrat ich den dunklen Raum.
Eine flackernde Neonröhre warf ihr kaltes Licht auf das gesamte Ausmaß meiner Enttäuschung, als ich anstatt mehrerer Maschinen mehrere Wäschekörbe vorfand, welche sich schon drängten die nächste Ladung sein zu dürfen. Doch da erblickten meine Augen etwas, das meine Stimmung

enorm hob: ein Trockner! Die stromfressende Klimasünde des 21. Jahrhunderts, welche ein pures Luxusgut darstellte.
Zu meiner Überraschung lief die Sache mit der Wäsche trotz der einen Maschine reibungslos. Alle zwei bis drei Stunden kam der nächste dran und kollegial wie man war, schmiss man auch mal die Wäsche des Vorigen in den Trockner. Doch dann ein paar Monate später – Diskussion.
Wann die eigentliche Spannung zwischen Corinna und mir das erste Mal aufgeflammt war und was sie hervorgerufen hatte, vermochte ich nicht genau zu sagen. Auch ihr Freund, mit dem ich mich seit Kurzem regelmäßig auf einen Kaffee traf, konnte es sich nicht erklären. Es war mir ein Rätsel. Die Anspannung zwischen uns fand jedoch ihren

Höhepunkt, als ich gerade in die Küche kam und Corinna mich fragte, ob die Waschmaschine frei sei.
Ich verneinte, denn ich hatte gesehen dass ihr Korb als nächster in der Reihe stand und spontan entschieden zwei meiner Socken und ein Handtuch dringend waschen zu müssen.
Ich bot ihr eins meiner Brote an - die Sache mit dem Proviant hatte sich nämlich bewährt - doch sie schlug es mir aus der Hand. Na hör mal, dachte ich, meine Gurkenscheiben von der Wand sammelnd, das ging jetzt aber zu weit. Sie begann zu zetern und zu schreien.
„Mir reichts."
„Mir auch. Gurke?"
Ihre Hände begannen zu zittern vor Wut. Ich fürchtete um mein Leben und darum, ihren Blutdruck zu hoch zu treiben und ergriff die

Flucht.

Kapitel 16 - Schwarzlicht

Als einen kulturell hoch angesehenen Zeitvertreib in einer Wohngemeinschaft planten wir zum offiziellen Sommeranfang (trotz Corinnas hohem Blutdruck) eine WG-Party. Und selbstverständlich sollten auch hier die Rechte eines jeden Individuum sich so zu kleiden, wie er oder sie es wollte, zunichte gemacht werden. Ein Motto musste her. Nachdem eine Abstimmung mit acht Personen (Maja und Lennard zählten für mich inzwischen eher zum Mobiliar als zum Personenkreis) in einen nackten Kampf ums Überleben und einen dreitägigen Kurs über Hypnose zur Meinungsüberzeugung

ausgeartet war, beschlossen wir, dass der Zufall entscheiden musste.
Wir loggten also alle Vorschläge in einen Zufallsgenerator im Internet ein und hofften das Beste.
„Porno-Party“ spuckte dieser nach ein paar Sekunden aus. Marcel kicherte wie ein Teenager, der gerade sein erstes Schamhaar entdeckt hatte. Wir anderen hatten eher einen leicht skeptischen Blick aufgesetzt, womit klar war, von wem dieser überaus reife Vorschlag stammte. Doch die Demokratie und der „ZufallsGeneratorXXL3000“ hatten entschieden. Nun gut.
Ein paar Wochen später war der zuvor minuziös geplante Abend in vollem Gange. Herein durfte selbstverständlich nur, wer sich extravagant in Schale geworfen oder besser,

diese abgelegt hatte. Die Kostüme waren vielfältig und ich hoffte inständig, dass die Polizei nicht vorhatte dem Ganzen gegen später einen Besuch abzustatten. Sie würden einigen leicht bekleideten „Kolleginnen“ in Uniform begegnen. Mein Lieblingskostüm war jedoch das meiner Freunde Mark und Sofia. Mark war gekleidet in einen nichtssagenden, figur-ignorierenden Leinensack, welcher über und über kunstvoll mit Stroh verziert war, während Sofia daneben stand, komplett dunkel eingekleidet mit einer schwarzen Ski-Maske über dem Kopf.

„Warum liegt hier Stroh rum?“ tönte es dumpf unter der Maske hervor.

„Warum hast du eine Maske auf?“ kam es raschelnd von Mark zurück.

Gegen später - die Stimmung war gut, die

Gäste und Gastgeber soweit zufrieden - vernahm ich einen (wenn auch sehr leisen) Schrei aus dem oberen Badezimmer. Heldenhaft wie ich nun einmal veranlagt war lief ich rasch und voller Sorge, der Alkohol könnte zur Neige gegangen sein, die Treppe hinauf.

Corinna stand inmitten eines Häufchens Stroh. Es war ungewöhnlich, sie einen Besen in der Hand halten zu sehen, hielt sie doch sonst nur Abstand zu unserem wöchentlichen Putzplan. Ich kicherte leise, als ich den Grund für ihren Aufschrei bemerkte. Ein Käfer, von nicht unbeachtlicher Größe, krabbelte aus dem Haufen direkt auf sie zu.

„Deine Freunde machen immer alles so dreckig!“ schrie sie mich an, als sie mich erblickte. Entschuldigend hob ich die Hände.

Im Hintergrund hörte man leise ihren Freund Jörg, der seinem Namen alle Ehre machte und sich im Klo nebenan seit gut einer Stunde mehrfach übergab.

Kapitel 17 - *Ornithologen*

Für die folgende Geschichte, welche ebenfalls am besagten Stroh-Käfer-Jörg-Abend stattfand muss aber zuallererst der Dachboden des Gebäudes beschrieben werden, welches nach meiner fachmännischen Schätzung grob an die 60 Jahresmarke grenzte und vor unserem bunten Treiben dort von einer Familie bewohnt worden war. So war der Dachboden, bevor er zur Rumpelkammer wurde, wohl einmal als Hobbyraum genutzt worden. Ein Hobby, welches nur wahre Kenner zu schätzen wissen: Modelleisenbahnen.

Als ich den Dachboden das erste Mal betrat war mir klar, dass hier eine neue Folge von

„True Crimes“ gedreht worden sein musste, denn diese Höhle schien einem waschechten Psychopathen zu gehören. Die schrägen Holzwände und Dachbalken waren über und über beklebt mit Fotos, Zeitungsausschnitten und Artikeln über diverse Züge.
Große Züge, kleine Züge, bunte Züge, neue Züge, alte Züge. Es gab kein Entrinnen, wohin ich auch blickte. Doch da – ein Lichtblick am Horizont. Am anderen Ende des Dachbodens gab es um das kleine, runde Fenster herum tatsächlich eine freie Stelle. Denn hier war ein großer Tisch aufgestellt worden. Auf ihm, in akribischer Kleinstarbeit bemalt und zusammengeklebt, standen klitzekleine Bäume, Häuser, Menschen und eine Bahnstrecke. Und ein Plastiknikolaus. Wir lieferten uns ein kurzes Blickduell, das ich

kläglich verlor, dann wandte ich mich ab. Ich konnte mich nicht entscheiden, ob ich voller Bewunderung oder Bestürzung sein sollte über diesen Teil des Hauses, welches in jedem anderen Raum nur so strahlte aufgrund der typischen Deko-Objekte einer WG. Ich spreche hier von verschiedenen spontan ausgeliehenen Verkehrszeichen (man könnte hier drin ohne Probleme eine Durchfahrt durch eine Kleinstadt gewährleisten, unfallfrei), den klassischen Geburtstagswimpeln, welche man gern einfach mal hängen ließ („braucht man ja eh irgendwann nochmal") und einem Kühlschrank, der sich nicht durch die Schwere seines Inhaltes, sondern aufgrund der daran befestigten Magnete nicht mehr bewegen ließ. Doch zurück zur Party.

Meine detektivischen Fähigkeiten hatten mich

im Leben schon immer weit gebracht. Ich möchte an dieser Stelle kurz an den Fall mit den Motten und dem Reis erinnern. Und so auch hier, auf einer Party voller leicht bekleideter Gäste, konnte ich meine geheimen Fähigkeiten wieder einmal zum Einsatz bringen.

Henry und Nina, verkleidet als Klempner und flotte Biene, liefen vor mir an die Bar, als ich plötzlich etwas erblickte, dass mich stutzig werden ließ.

„Wart ihr beide auf dem Dachboden?“ fragte ich mit hochgezogenen Augenbrauen. Nicht umsonst hatten wir an der Luke hinauf ein Schild angebracht mit „Betreten und rauchen verboten“.

„Nein, natürlich nicht.“ Beide schüttelten den Kopf.

„Und was ist dann... das hier?“
Schwungvoll drehte ich die flotte Biene um, dass ihr fast schwindelig wurde und zeigte auf ihren Rücken. Auf ihrem nackten Schulterblatt klebte, klein aber unübersehbar, ein Andreaskreuz. Ich pflückte es von ihrer Schulter und stellte sie zur Rede.
„Wir waren aber nicht die ersten dort oben!“ beharrte Nina auf ihrer Unschuld. „Der Tisch war schon verwüstet.“
Mit einer Verwarnung von einer der vorbeilaufenden Polizistinnen lies ich die beiden laufen. Doch ich hielt weiterhin Ausschau nach Zugteilen und Plastikbäumchen auf nackter Haut.

Kapitel 18 – *Doppelt hält besser*

Im Leben geht es mehr oder minder immer um Veränderung. Das wurde mir klar, als einer meiner Mietkollegen beschloss, die Festung zu verlassen und auszuziehen. Marten hatte die Entscheidung gefällt, dem Einzelkind in ihm freien Lauf zu lassen und lieber in eine 1-Zimmer-Wohnung zu ziehen.
Nun war es endlich soweit – ich war nicht mehr das Küken! Bei diesem WG-Casting würde ich endlich auf der anderen Seite des Tisches sitzen, zur Jury gehören und sagen können „Ich habe heute leider kein Foto für dich, du kommst nicht in den ReCall, für dich habe ich leider keine Rose mehr".

Wir stellten also das Zimmer ins Internet und warteten gespannt auf eine immens motivierte Bandbreite an Bewerbern.
Knappe vierzehn Tage und ein leichtes Stimmungstief später dann endlich: ein Bewerber.
Zu unser aller Überraschung nicht nur einer, sondern sogar gleich zwei. Gespannt versammelten wir uns in der Küche am Tisch und lasen gemeinsam die Nachrichten. Bei der ersten gab es jedoch nicht sonderlich viel zu lesen:

„Hallo. Ist Zimmer noch da?“

Mehr stand da nicht. Immerhin das durchaus höfliche „Hallo“ fanden wir nett. Trotzdem war er damit schon mal direkt aus dem Rennen.

Die zweite Nachricht hatte schon etwas mehr Inhalt. Schöne, grammatikalisch korrekte und aneinandergereihte Sätze erwarteten uns hier.

„Hallo zusammen,
ich heiße Sebastian und suche ein Zimmer in einer netten WG. Ich fände es toll, euch bei einem Treffen kennenzulernen um zu sehen, wie es passt.
Liebe Grüße S."

Wahnsinnig viel gab er zwar nicht von sich preis, das Mysterium um seine Person hielt uns jedoch nicht davon ab, ihn zu einem Treffen einzuladen. Immerhin konnte er lesen und schreiben und unsere generellen Anforderungen waren bei der Bewerberzahl nicht sonderlich hoch.

Drei Tage später klingelte es pünktlich um neunzehn Uhr an unserer Tür. Ein junger Mann, schätzungsweise Anfang dreißig kam herein und lächelten freundlich in die Runde. „Mhm, Frischfleisch." dachte sich mein östrogengesteuertes Hirn. Elias wollte die Türe gerade wieder hinter ihm schließen, als sich noch eine Person in den Raum drängelte. Eine hochgewachsene, schlanke Frau ca. Mitte bis Ende fünfzig lief Sebastian hinterher und setzte sich ganz selbstverständlich mit an den Tisch, auf dem wir naiv und voller Hoffnung schon den Mietvertrag und ein Scrabble Spiel vorbereitet hatten.
„Wie groß ist denn das Zimmer eigentlich?" fragte Sebastian, als wir uns gesetzt hatten. „Es sollte immerhin groß genug für zwei Personen sein." fügte er hinzu.

„Wieso denn für zwei?“ Der sonst so stille Cedric machte so große Augen, dass seine Brille quasi überflüssig wurde.

„Na, meine Mutti zieht doch mit ein.“

Sebastian schüttelte verständnislos den Kopf.

„Das ist doch selbstverständlich.“

„Das ist doch selbstverständlich.“ pflichtete seine Mutti ihm bei und schüttelte ebenfalls verständnislos den Kopf.

Nach einer netten Runde Scrabble mit Mutti und Sohn entschieden wir uns für den höflichen Analphabeten der ersten Nachricht.

Kapitel 19 – *Reibungslos*

Der Analphabet hieß Nils und zog zwei Wochen später in Martens Zimmer ein. Nach einem kurzen Treffen stellten wir fest, dass Schreiben zwar wirklich keine seiner Stärken, er ansonsten aber eigentlich ganz nett war. Was für Probleme es jedoch mit sich brachte, Nils als Mitbewohner zu haben, stellte ich schon nach kürzester Zeit fest.

Es war Sonntagmorgen und die Natur rief mich mit ihrer schallenden Stimme ins Badezimmer. Sie rief so laut, dass ich davon wach wurde und nun wollte ich sie dringend wieder loswerden um weiterzuschlafen.

„Morgen." Eine blonde Frau in meinem Alter

kam mir auf dem Flur aus Nils' Zimmer entgegen, huschte ins Bad und verschloss die Tür hinter sich. Na hör mal, dachte ich und hüpfte unruhig von einem Bein aufs andere. Schimpfend drängelte ich mich an ihr vorbei, als die Tür wieder aufging.

Zwei Tage später, selber Flur, andere Frau. Eine hübsche Brünette schob sich mir auf meiner Reise zum Badezimmer in den Weg und verschwand nach verrichteter Tat wieder in Nils' Zimmer.

Es wurde zur Qual. Die Nächte kurz, durch eine gewisse Geräuschkulisse, welche wir bei der Porno-Party als Hintergrundmusik hätten gebrauchen können und die Morgende voller Ärger über diverse Frauen mit unterschiedlichen Haarfarben, welche sich zwischen mich und das Badezimmer stellten.

Nils verlor, als der Gentleman der er nun einmal war, über alle dies nicht ein einziges Wort, nein, er verlor hunderte. Er hörte gar nicht mehr auf, über seine jüngsten Eroberungen zu schwadronieren. Wehmütig dachte ich an Marcels extrem haftfestes Panzertape zurück und wie gut es zu Nils Gesicht passen würde. Doch ich verwarf den Gedanken schnell wieder. Ich brauchte eine Strategie.

„Nils?“ fragte ich ihn ein paar Wochen nach seinem Einzug. Alles ging seinen gewohnten Gang. Genau wie seine Frauen. Doch inzwischen ich war ihm auf die Schliche gekommen.
„Ja?“ fragte er vorsichtig zurück. Auch ihm war aufgefallen, dass meine Laune ihm gegenüber

stark schwankte. Ganz besonders morgens.
„Sag mal, wieso sehe ich jede deiner sogenannten Bekanntschaften eigentlich immer nur einmal? Und wieso hat jede von ihnen am nächsten Tag neue Schuhe an wenn sie geht?“
Ich hatte gründlich recherchiert und was hatte ich gefunden? Nils verkaufte im großen Stil Sneaker über eine Website und anscheinend zweigte er gern hier und da mal ein Paar ab.
„Ich weiß nicht, was du meinst.“ sagte er und lief dabei rot an.
Von da an hielt er sich endlich zurück und meine Lebensqualität stieg deutlich, denn – ich konnte Nachts wieder schlafen und das Badezimmer am Morgen gehörte wieder mir.

Kapitel 20 – *Schlusslicht*

Zum Schluss möchte ich dann aber doch noch etwas ernsthafter werden. So oft ich auch meine Tage eher schlaftrunken als wach verbracht habe, wegen der mangelnden Fähigkeit, bei solch vielen Mitbewohnern rechtzeitig ins Bett zu gehen und so oft ich die Küche lieber einfach in Brand gesteckt hätte, als sie zu putzen: niemals würde ich diese Zeit missen wollen.

Ich habe vieles gelernt, Geduld zum Beispiel. Empathie. Wie viel Alkohol eine Leber vertragen kann. Ich habe aber auch gelernt, dass Familie nicht unbedingt heißt, blutsverwandt sein zu müssen. Und auch, dass man Menschen viel inniger kennenlernen kann, wenn man mit ihnen zusammen lebt. Dass eine Gruppe nur mit Verständnis füreinander und Kommunikation funktionieren kann. Und, dass ich für einige dieser Menschen auch noch lange nach unser aller Auszug dort so viel Liebe empfinde. Sie haben mich geprägt, meine Weltanschauung ein Stückchen verschoben und meinen Blickwinkel auf die Dinge verändert.

Ich danke ihnen allen, für jeden geselligen Abend, für jede Diskussion, jeden Streit, jede Umarmung und jedes Lachen. Für alles was ich von ihnen lernen durfte.